歌　集

思惟環流

米田　登

第１歌集文庫

目次

網

行動におもむくものらは無口なり何時よりかわがへだたりきたりつ

せつかちに是非をわかたむ問ひかけを拒否ししらけし会の果てゆく

はたらきて貧しきわが両隣りとも労働者といふ語をきまつて嫌ふ

まぼろしに顕《た》ちくる戦さのさまをいふ生くるかぎりのわが傷として

さえざえと遠き画面に人ひとり死にゆけば何故なみだはあふれし

きざしゐる不安を強ひて言ひ出でぬ政治の欺瞞に酔ひて民あり

しづかなる意志はながれ来《く》労働者の支持あるかぎりはと声終るとき

恒久平和論その他すがすがしき学説にこもる溜息をこの夜おもへり

巡りくるよき時代信ずることありやひとりきたりて水に照らさる

無力さをみづからの上に措定するかずかずのこゑにわれのみの夜

にくしむほか結論づけうることばなき動きをなして寵児となりゆく

理論づけてゆけばゆきうる状態にありつつながくかなしみの占む
めぐりきてすでに変らぬ情勢のなかに生きゆくいくらか媚びて
のちに来むものたのみつつ死にゆきし少数派精神つひにさびしき
認識のひとしきを指せど如何なすか話しあふときかくさかりゐぬ
注ぎにこし女にかまはず実践のかたきをなげきまなこ冴えゆく
受け入れしのちにきたらむ義務のことわれ知りたきにすでに秘せらる

騒音のなかに生きゐるをさびしめば売らるる仔犬のかさなりねむる

突きあたるもの思ひゐてたちまちに会ひたき一人二人の友あり

悲しみにまつはられゐるわれの世代さまざまにしも飾り生きゆく

やすやすと超えうる矛盾をうたがへば君の生きゆくに疑問の多き

傍観のすでにいやしきに奪はるる土地まもりしを憎しむこゑす

行き交ひを遮断し特車の列つづけりはばみえざりし市民のよわく

憲法をにじり育てられたるこの列に畏怖もちて人は舗道に佇てり

ワイマール憲法がほろびゆきしさま何故におもふやあはあはとして

にくみつつ交際たたざる友のひとり多く夜に会ひ夜半にわかるる

挑むがにつぎつぎ飛びたつ翼ありて雪みだれ降るくらき野のはて

主語のなき文面ににくしみ盛りきたる省の下僚もくやしみ生くるや

対岸のあかあかと燈をともすビルに夜更けのごとく雪ふりしきる

粛清をくりかへしこしひと生《よ》のはて抹殺されゆく独裁者のひとり
非難する彼らも批判を許さずとたちまち訳されて衆に媚びゆく
戦術の転換とのみ評し去りためらふことなくおのれをさらす

列

わが弱さを君はゆるさず討ちゆけど詐りいひて生きむとおもはず

限界を指摘してやむ批評よりみづからに生き耐へてさびしき

湧くごとく草のいきれにたつ過去は粤漢鉄道のいづこと知らず

レールみなはづされてゐし鉄路ゆけり今日のごと草に汗したたりて

サンフランシスコにその源のあるを言ひかへる路傍に署名ひとつす

風のある夜空にたかく文字ともり酔ひておくれし友が呼ぶこゑ

突き詰めておもひみだるる幾日を寡黙に子らさへ怖れしめ過ぐ

計算紙に数字うきくる日暮れにて予定超ゆる利益を処理せむとする

絶望に耐へて見てゐる目のまへを砂のうねりにしづむ兵ひとり

ガザにせまる兵のひとりが砂丘這ふ姿勢はわれのかの日とさびし

手をあげて沙漠につづく捕虜兵の影みなみじかしどの影もほそく

砂の上に遺棄されて屍体にほひゐむ悲しきことをわれは知りをり
いまだ血を解決とする続きゐてホモ・サピエンス古くしてかなし
昨日より街焼かれゐるブダペスト知ることすべて怒りにつながる
われわれを救へとさけび国歌鳴りこゑを絶ちゆくひと日のうちに
血をもつて独立まもれる市民らも包囲のなかにこゑ絶えゆけり
武装なきゆゑに侵されしとすこしづつまた再軍備へかたむく輿論

祖国すててゆける民衆が異邦にて何をなしえて生きゆくか知らず

批判すとみせかけつつ常に肯定を結論として彼のひと生《よ》やすけむ

知らされず持ち込まれゐし核兵器つとにわれらの未来の売られて

南極に越冬すること決まりたる夕べ咳きつつひとりたかぶる

太平洋にきて実験する自己矛盾するどく衝きゐし論理もよわし

ゆるされし唯一の権利の行使すらつねにひとりに世評を浴びる

もの言はぬ幾日か過ぎて今日いへば意外にやさしくわがことば出づ

現実に持ちうべくなきかなしみをイエスも彼岸に説きのこしたり

当為として置きたる理性をおもふ日のわがかすかなる息づきすがし

累累とわれをつつめるわが過去の重きを曳ききて陽にうなじ垂る

みづからが獲《か》ち得む明日を明日として意志きよきこゝろ透りてゆけり

まみれつつ生きゐる日日にあこがれて歴史のゆきつく社会を信ず

皮

党員かいなかとただしゆく問ひに答へつづけて語にいかりあり
若き日のヒロイズムからと言ひしとき自殺せし友の屍《し》は顕ちたらむ
軍の前に屈しゆく教授らを見てをりき追はれ獄《ひとや》に入りしを慕ひき
君ならばいか証言すと問はざるにいさぎよかりきわが友のひとり
死のみが抗議たりうる瞬間をゑがけばいきどほりつつわがねむる

ミサイルの照準を合はせてかの山にありと聞きつつたつ雪まぼろし

装薬を終へし弾頭がならびゐるあかるき写真を夜半に見てをり

米国兵ひとり裁くことかくのごと彼ら言ふならば帰りゆくべし

発表の日にはすべては終りゐて追はれたるものその座にはなし

劣勢を堪へ抜きつひに勝利えしひとりの意志を読みつつおそるる

流血をひそかに期待しこしものら粛清のなきに不満をかくさず

労働の自負うらやましたかだかと吊りし鉄梁をただちに固定す

物つくるよろこびはげしく熔接の火花をあびて高きにはたらく

上空には絶えず風あり鉄骨の梁あゆむ人らのシャツがはためく

口ごもるごときことばにありありと政治への顧慮みせて夜のこゑ

へだてあふわけあかすなく別れきて人は弱しとのみにやすらふ

生活を変へよとわれにたはやすく言ふ君資産のありてくらせば

紙のうへ走らすペンの聞えゐて誰かがやめむと言ふを待ちあふ

屋上のタンクへのぼる水鳴れり燈を消して去る部屋にこもりて

からうじて赤字出さざりし決算を星きよければ沁みておもひぬ

時間きめて資材のあひだを巡りくる燈のさみしきに帰らむとする

みづからの不信にくらくおもて伏す日を息ぐるし川の澄みきて

明日はなに拒絶して生きむすこしづつ中洲の葦の色づきそむる

生活を負ひてくるしむ明け暮れのしづかに夕べひとりをりたし

葉を落しつくしし公孫樹は個性あり瘤ありて舗道へかたむく一本

おほよそのわれのひと生《よ》も知られつつ決算を終へし二三日たのし

還りきてみな貧しきがつどふればたたかひ死にたる友のみを語る

勤務評定こばみてつづくデモの列にわれは警官をへだててむかふ

街路樹にひかりつつ冬の風鳴れり歌ふことやめゐる行進の後尾

ときをりむらさきの炎の壁に照り人をらぬごときビル工事現場

リフトのみ絶えず昇降し人乗れりあるときは無人の工事場と見えて

抒情詩に方法のなき言ひ合ひて咽喉灼けしむるをしづかにふくむ

外洋へふたたび離脱をはかるといふ何故くらく言ふ暗きことばを

執拗に犬を救へとせまるこゑさげすみきてわが誰よりもさびし

直接に思惟の世界を批判しつつ思惟超ゆるきはデーモンかなし

鴉

正月の晴着きたれど午後となりて常なる時間にをさな子はねむる

寝しづまる二人の子より起ききたり妻の黙して林檎をむきそむ

をかすなき小さき平和わがにぎるをさな子の掌につくしが匂ふ

生活の瑣事よりのがれゐることに湧ける不安を妻のなぜ言ふ

ふと洩らすわれのことばが妻の胸くぐりてかへりくるとき明るし

金銭《かね》の価値知りそめし子がお年玉大切にしていくたびもかぞふ

今よりも希望をもちて生きゐたる思ひはかへる暗かりしといへ

爆音をひと日きかざりしこと不意に不思議のごとく妻つぶやけり

正月の夜といへ妻とかたるなきあはあはしさにねむらむとする

昼おほくねむれる猫が夜に入りて風あらき庭へしづかに下りゆく

秒きざむ音が間伸びしてこしを言ひて寝にたつ妻にしたがふ

夜ふかしをして書くかたはら妻のゐてむなしき努力にまなこを注ぐ

愕然と妻をらぬことおそひきてかわける流しをわれの見てゐる

あけはなつことなき部屋にこめてゐるわが体臭よ罪あるごとく

あこがれを知りしひとみかをさな子は海の広さをうはずりて告ぐ

わが知らぬ妻の七日を語らせてこの夜ははやく燈を消しねむる

ふるさとの旅より妻のかへりきて流しの濡れてゐるべくなりぬ

とりとめもなき空想をはなしつつわれに果敢なし子の入学の

陽の照れる中洲に葦の萌えそろふみどりを見しよりまた落ち着かず

工場の囲ひの隅に積みあげて墓地ありきそこのみ草萌えしめて

病みやすき季節に入りゆくをおそるれど雨にみどりの野辺が明るし

をさな子はだれに聞きくる放射能に濡れぬやうにとわれに注意す

夜おそく濡れてかへりしわれを抱く妻はいつでも母たりやすく

夜のふけし風は出でつつひとたびは仮死せし家蚊の飛びたちはじむ

ふるさとの旅よりかへれば陽に灼けて待ちゐし妻の夜のはだ強し

ひとりのみ喋りつづけて帰れるに湧く悔いわれの堪へえざるまで

台風を聴くごとゐたりし妻もねて月冴ゆる庭に草の葉伏す音

それゆきし台風の余波にも力あり部屋に流れ入るとんぼをとらふ

橋脚をあらへる河水にすこしづつ赤にごる水のまじりくるべき

蚊

わがために妻はカーテンをひきて出づ病むときは本を読まず眠れと
われを追ふ戦車の夢に夜半さめて妻よびおこす寝汗を言ひて
昼すぎて子がねむるとき妻もわれも子供なかりし日のごと坐れり
風のなきひと日がたのしかりしごとをさな子をなかに手をつなぐ影
をさならがつまらなささうに着かへゐる遊び足りにし昨日と思ふに

うつうつと風蒸しながらわが部屋に翅まだ青き蚊はただよへる

燈のもとに乳房をみせて犬ねむるおそれなく産む知恵を信ぜむ

いきいきと妻を呼びゐる子の声よわれは用あるときにのみ呼ぶ

濡れて帰りしレインコートを吊るすした蠟燭の炎の雨気はじく音

ねむらむとして月食を見にいづる妻は風ある夜のしづかさ言ふ

子の悲哀はわれの悲哀にとほけれど宇宙飛行よりかへらざりし犬

裁ち屑のなかにあかるき妻のをりものをつくるはすべて明るく

短き日こもりてしづかに暮るるころ子がそれぞれの友つれかへり来《く》

硝子戸にみえて野のはてにあがる凧しろきひかりの陽を低くせり

家出でて妻子とゆけばしめる土に冬越すそよぎの麦の芽ほそし

雪積むを子が呼びてゐる声あかるし子は悦びをわれにわかちたく

杉木立射る冬日差しきびしとぞ振りむけばわが孤独のすがた

よみがへりくるもの持たぬ今日の日と気づけば家路を歩きつつゐぬ
私語きこゆるごときおもひに近づけど穂麦の沈黙ふかし夕陽に
のこしこし仕事おもふな夕風ににごりなき目の牛あゆみくる
事務のうへの恥知らざれば妻やすし帰りきて無口のわれをとがめて
したしさのすでに肉体的といふふたりは離れて木のしたを行く
翅ぬれてうまれしばかりの蝶はゐつ日食終らむとするわが庭に

サイレンがなにゆゑ鳴るのか答へつつ八月六日子のおびえかなし

たたかひの日に越えゆきし海の色妻は言ひ出づねむりがたきに

あらそひてわれが言ふとき怒りより悲しみありとおもひゐてくれよ

かへりこし夜ふけの燈下子がかきし絵のみづみづと絵具濡れゐる

われにだけ妻がひそかに飲ましむる夜ふけの鶏卵ひといきに飲む

鉄橋の直線に入らむと彎曲をかたむきすすみ来る窓みなかがやく

銹

ストありて汽車に乗り来しがたのしきとみな平凡に日日を生きゐる
ストのためはや銹びそめし夕方のレールをかるがる蝶こえゆけり
感情のなき言ひかたさへ型ありてわれを訪ひくるさまざまの客
自信に満ち重きひびきのスラヴィック核兵器実験即時停止を
答ふべきことばなければかのいつもの平和攻勢に過ぎずと酬ゆ

テレックスが不意に打ち出だす一短文海の彼方の意志を強ひつつ
離職を恐るる勤続者のなかわが保つ距離あり距離をわが憎まれて
平静にあらむとすれど原文より訳して回覧せしめしはわれ
われみづからをしばる規程をつくりつついつか忘れて構文に凝る
労働者の生活権主張せしのみにすでに追はるるひとりときまる
追はるべきだれかれの名のささやかる噂はつねに利己的にして

かかるさへ受諾するほど卑しきと彼らはさげすむ原地人《ネイティブ》と呼びて

あらがふには団結あるのみと判りつつ誰も首謀者と言はれたくなし

卑小さをさらに曝せるわが周囲たへがたく今日も勤めきて寝る

かさねゆく犠牲のはての独立を暗しとおもふに今朝もその記事

占領のもたらせしものことごとく憎みにくみてしづかに推移す

事実を言ひしばかりに捕へられしかの日日のごと傾斜しゆかむ

言ひかはすことば互ひにしらじらし努めておのれを清くかばへば
きたるべき社会よりみな評価して卑小に生くる君らと言へりき
苦しめるわれらをさげすみ君ひとり日本人にはあらざるもの言ひ
革命ののちの社会の文学を論議しひときはオポチュニストたりき
もだすこと多くなりつつわれはわれひとりの課題にこころを集む
諸矛盾をおそるるなと言ふはげましとも軽蔑とも聞く別れむとして

帰りゆく道をせばめて基地阻止のビラ手渡さるしづかなる手より

ひたすらに機械たらむとはたらく傍《かたへ》きてひえびえと用なき孤独

体温をつね奪はれてゐる職場のがれきて舗道の炎暑にいこふ

民族がわかれ相撃つことなきを深夜のラジオにたしかめて寝る

たたかひは血も火もわれに赤くしてふり仰げば赤き夾竹桃あり

搾取して富みこし諸国がたちまちに兵を投入してささふる王制

わが指にきびしき夕陽あつめつつ去りゆく役員の去る手続きす

新しき人事構成もひと日にてひろがればみなはかなく事務とる

ミスタイプを消さねばならぬ嫌悪より俄にみだれて指洗ひに立つ

哀訴して祖国に生きむ意思いへる苦しく読みつつ夜半を冷えゆく

たはやすく自己の誤謬を悔ゆと書くわれにもきたらむ危さはあり

鋭《と》ごころをさらすは弱しささやきをつねに背後に生きつぐ日日に

幌

幌たれて朝街《あさまち》はしる暗緑の車輛十九までをかぞへて立ちたり
その銃をだれに向けむといそぎゆくかの一隊か警笛もなく
停りたる電車がしづかに前燈をよわむるとき見ぬまつはる時雨を
ことばなく下りゆきし友が色さえてともる時計のした遠ざかる
まなうらに熱のぼりゐる日暮れどきもの言はばみなするどく刺さむ

情勢のかはる日彼らをまつさきに摘発せむとおもふことあり

守りゆかむ何もなきごと今宵くやし寒夜ピケ張る若きを見てきて

行為せしもののみ明日を占めうると頭をたれてわが聞くことば

経るべきを経ざりしわれらかの日より必然として今日につながる

沈黙はすべて支持者と責めこしに黙ふかくまもる片隅にいま

抱《いだ》きこし期待をむなしくおもふ日が不思議に安けし待ちえしごとく

消毒薬にほふ送話器いとへども言ひつのらねば言ひ負かさるる
いつしかに雨となりゐし朝の雪みおろす舗道に人なきときあり
ああまたも弱くなりゐると気付きつつ頬のかげりを消して事務とる
きそはしむ機構にぎればひとあたりやさしきこゑに経営者はをり
どのやうに解雇をわれは伝へむか目を閉ぢしばらく机に倚りゐき
わがをれば泣き伏すこころ耐へてゐる時の間美《は》しき男の意志なり

はばかるなくおのれの階級のためにのみ政治はありと投資して言ふ
批判にはつねに答へざる実践の世界おもふままに歴史をつくる
忘るるをわれはならひのごとくするファイルせしより数字も眠れよ
勤めこしこの十年に得しものと得させしものとつひにへだたる
禱りなどにて解決できぬわかりつつ禱るほかなし今のわれの思ひ
現実はことごとく感傷を超えゐしをなみだぐむごと今宵のことば

前提を異にしたりてみちびかるる帰結をひとりは酔ふごとく述ぶ

確信はあるいは狂信やすやすと生死をさばきてかへりゆくなり

判決をはなしあふなくかへりきてつぶさに読みゆく多数説論旨

わがうちとおなじしぶきを上げつつぞ推移する時代推移する社会

悔いのみをかさねゆくとき勝ちほこる脆い論理に友のつまづく

むしばまれゆきし過程もあざやかに戦後は去れり呼びえぬ遠きに

畢

酷薄に父の没後をこゑひそめあひはからひぬともすなき部屋に

なぜ病みし聞きてすべなし放埒に生きこしひと生《よ》を誰も彼も知れり

記憶よりそびえてわれにせまる山雪あれば距離至近に位置して

ここはなほ夜が存在する耳鳴りとなりて夜に満つなにものかの音

みとりつつ母が書きけむ手紙の文字読みゆきてさびし父みとるごと

はりつめて春を生ききぬとほく病む父のいきづき意識におきて

病む日よりいきいきと存在しはじめし父をかなしと妻に告げぬに

おほごゑにさけべる父をなぐさめて母あり母のあり経しひと生《よ》

●

つねのごと熟睡したまふ錯覚におこさむと触るる額がつめたし

なきがらの父に入れある電気炬燵消しねと言へば母の語かなしき

消したげたら足寒からむと言ひたまふ母のことばよ沁みて切なし

そら耳をかなしと思はず起ちゆきし母見てをりぬかなしと思はず

いくたびか話せば母の和ぐらしくことばゆたかとなりつつ伝ふ

火葬炉に薪投げ入れてこころ燃ゆここになきがらも消えてゆくべし

掻きいだす燠にまじりて父の骨もほのほあげをりしばらく短く

皿のごとまるみ帯びゐる頭蓋骨てのひらにして手ざはりあらし

集ひては病気のはなしすること多し父の死いたむ過程をほど経て
いたはれと声かけくるるのみ帰りゆきわれにひとりの喪の仕事あり
追はれつつ生きゆく日日に三学期の終らむとして子に試験あり
呼びかくるごとき弔辞に涙ながす村人いくたりが父知りゐしか
父の子といふのみにしておのづからあつまる非難浴びかへりゆく
誰もが泣きゐしにあなたのみ泣かず日を経て妻のことばがきびし

にぎやかな旅にゆくごと子供四人まじへてわれらの納骨にゆく

戒名をよみあげたまふ清きこゑ透りて素直にわが胸ゆらるる

遠くゐて援けしこともなかりしを如何におもひて父は死にけむ

●

戦前の父の生命保険ふた口ありて二百余円をわれは受けとる

ひとりして家片付けゐる母の背のいたくほそれる線が目に沁む

子を連れて七夕の竹切りに行きわづかになぐさむかへりみざるを
家建てむ金銭《かね》にくるしみさびしき夜駆逐艦つくる写真が載りゐる
帰りゆくふるさと持たぬさびしさををさなの言ひにきお盆に入りて
売りいそぐ妻をなだめて眠れども駈け引き知らぬはともに貧しき
逝く夏のカンナは赤しこの庭に捨てゆくおもひのがれうべきや
トラックを待たせてうつぎの株掘れり劫掠のごと妻と気負ひて

粗壁の落ちたる黄の土掃き出だす夜ごと夜ごとに夜の早くなる

鳴き澄めるこほろぎひとつ壁土のにほひこもれる夜をふかしゐて

声あらく妻に言ひをれば寄りきたりをさなきままに許さぬ目を向く

放たれし蜂がさびしくゐる枝を妻に見しめしより饒舌となる

流れくる夜霧にさからひくだる道なにをつかまばわが満たさるる

わが病めば母に叱言をいはれゐし妻が夜更けてわが部屋に来つ

疎

月重くなりたりといふ彼のことば実証論理のかくたやすくして

軍備なき時代よびかけ壇にたつ巨軀をしばらく画面にみつむる

月に着きし科学の優位を背負ひ行けり力信ずるはちからに弱けれ

計算のとほり行きつく科学恋ふ反目つづくる小さき事務所に

越えゆきし月までの真空空間が死の沈黙でありしかどうか

育たざる悔いありわれのてのひらを黄に染めいま発つ夕焼けし風

みづからをもちて人おもふあやふさを言はれてかへる心冴えつつ

来ることのわかりゐながら年年に失ふばかり国土もわが生も

被災地へ自衛隊車輛百台あまり輸送する貨車としばらく並ぶ

五年まへ追はれゆきたるすがしさのいまなし彼も生きねばならぬ

月裏面まはりそめしときこえゐて空想はときにこころにぶらす

やがてわれをうしなはむ時刻せまりゐて誘惑のごと朝の川澄む
卒業を捨てかへりゆく若きこゑ癖なきあかるき彼らの日本語
去りてゆく日本に感謝することば虐げられしをみな言はずして
感謝してかへりゆきしが日本は彼らの胸にいかに生きゆく
雨のなか捕へられゆく学生たち無言劇にも似てしづかなり
脱れゆくもののごとくに飛び立てりまた空疎なる声明のこして

安全と平和をまもつてくれると言ふその最前線基地といはれゐて

追ひつめてなに得む質疑か極東に含まるる島ふくまれざる海

持ちえしを誇りてつたへくるフランス語殺戮にのみ栄光ありて

靄のたつ川面はつねにしづかなり誰も彼も敵のごときと思ふに

銅像の首に縄かけて曳きゆくを歓呼し迎へりをさならもゐて

いちはやく民衆に媚ぶとかの国の飽くなき意志を言ひてはならぬか

消極にゐてなほ疲れやすき日日オーバーが重しと不意に思へる

薔薇展の薔薇みまはり来てたちまちにことば飾らぬ応酬のなか

夕焼けて過ぎゆく貨車もいこふべき夜の駅ありと消ゆるまで見ぬ

怒りなきものはしづかに寝ねゆかむ抗議デモかく叫びゆく夜半

雨つきしデモよりかへり火のごとく燃ゆる身体をしづめてねむる

雨の夜につづく抗議の朝のデモ疲れつつわれは出勤せむに

われにさへ呼びかけてくる一枚のはがきの文字よしづかにはげし
ためらはず行くと決めゐるわれを知り今日もおそいと言へば頷く
雨くらき夕べいづこと告げず行くことばすくなく退けるを待ちゐて
退陣をせまる署名簿さしだすに何かをおそるるごとく避けゆく
集めえし署名を友とかぞへ終へまた明日のためひととき論ずる
闘はむ明日を約して散る夜の道わづか盛り上げえしすら足りて

背

大統領特使の自動車揉むデモの画面を取り巻く昼を出できて

息づきをひそめて見まもるわれの背にみじかき悲鳴荒きつぶやき

髪の毛を摑みひきずる太き手をフラッシュは一瞬うかべまた消ゆ

激突地のがれきたりてちから竭きつぎつぎ倒るる傷おはぬなし

かかる日になほ全学連を罵倒する職場にはたらき寡黙のひと日

狂ひつつ過ぎゆく日日を雨のなかおのづから寄るひとりの遺影に

真実をひそかに曲げて伝へゆく圧かけられしを言ふこともなく

なにごともなく夜となりて成立へあます時間を分《ふん》もてかぞふ

読まれずに捨てられたりしビラ幾種かをわれは保存す保有するため

揺れやすき心悲しみ生きむとするわがある社会とわが思ふ社会

持続のみたのまむわれをまたも信じ来たりし席に汗たりて耐ふ

あらがはぬ決意してこし今日の席にわが沈黙をあやしまれゐつ

われよりも病みゐる君の強気にて民衆へひろく滲みゆく想定

築くべき社会におよべば癒えおそき嘆きも言はず顔のかがやく

こもごもにかの雨の夜を記録して流されし血をつたへむとする

革命にとほき社会の革命にちかき思想をたのしむなかれ

問はざりし悔いうづききて秋さむきわが読書室兼寝室の夜夜

横腹へせまる白き刃しろき腕ひとつのひかりの加速度もちて

死をまさに見せるつもりか横腹へのびるひかりを繰りかへし写す

テロとデモすりかへられつつ街暗し治者は資本の代弁者のこゑ

そだてゐるものありてあり資金源突けと叫べる記事今日はなし

渦なして日本のありし記憶すらはや過去として仮説をあらそふ

買はれたる票をいふさへ羨望に似て貧しきをみな生きつづく

はげしきはすべて孤独とつぶやきぬ森かげにしてひとつともる燈

ハンカチに書きて持ちゐし辞世の歌褒めて言ひ合ふかたはらに立つ

神聖化さるる可能をのこしゐるそをめぐりつつ反動はくる

萌え出づる草の新芽のにほふ夜半われのみの不安熟しつつあり

五月には金星に到着するといふだれが見とどけむ談話か知らず

いまだ生きいまだ策動する河を朝ごとに越えゆふべはかへる

髪剃りて喪に入るルムンバ夫人の眼泣きゐず何かきらきらとして

血をながすことなく終りゆく決起あかつき闇のうするるソウルに

軍あれば軍はクーデターの実行者ただれくづるる政治を超ゆと

かかげゆく軍の軍政の理由にも忘れむとするくらき日のかへる

地球は青く空は暗いと端的に言へることばを繰りかへしおもふ

宇宙飛行とげて帰りしガガーリン迎ふるモスクワのひと日の歓呼

茨

昨年《こぞ》傷をともにせしよりわが胸の一部となりていきづける初夏

シュプレヒコール歌へる形に街路樹の葉はそよぎゐてわれを見下す

旗のもと署名をもとめて立つものを避けていづこへ彼らのいそぐ

揉み合へる学生群を目守《まも》りつつ昨年はかたむき今年はそむく

遠くより確実にかへる風待ちて日に日に熟るるわかものの血は

青年のなにをおもはばきたり告ぐ機動部隊の昨年より強しと

埋めようとする隔絶のくらぐらと陽にかがやけばまたひきかへす

照らされゐし熱き鉛筆とりあぐるわが指先のときのま焼かるる

わがうちに戦争の過去生きつづけわがかたはらに死んでゐる明日

初生条件の消滅こえて生きつづくかなしきものを孵さむとをり

署名簿のなかにねむりし怠惰なるわが教条主義みてかへりゆく

爆撃を開始する日を知りゐるものひそかに叛徒に武器をわたして

銃をとる市民をはげまし叫びゐるひとりの頬髭画面はゆれて

侵入をしりぞけえし日の首都に湧く歓呼もくらく未来を負はむ

三日にてをはる叛乱を九箇月ととのへこしものが知らずとは言ふ

あやつりし彼らアリバイを主張して裁きの前には捕虜らの並ぶ

暗きのみ歌ふとしばしば言はれつついまだ生きゐる血のなかの過去

くらぐらと夏木立ふかまる四十日余既定のごとく首脳をはうむる

クーデターをはりたるのち開始する真の争奪に血はにほふかな

飛び発たむ日のためいそがしき首相らがひと日青葉の山荘にをり

なによりも処遇の点にかかりゐる政治といふを明日も見るべし

核兵器やめよと何時の日も議題またたよりなく会議の記事読む

ベルリンもきびしき晩夏バリケードめぐらす舗道に武装兵立つ

同じを為す同じ名見たりわがうちにある戦前の不意にきらめく
はや寄するその動機への同情のかつての筆なほ生きゐる証し
生きてゐる亡霊たちの茶番劇とそのほそき流れもてつながる未来
クーデターの理由としてつね左翼あるこの国一度の革命すらなし
憂国は売り物としてうま味あり黄のカーテンの厚きを垂れゐて
紆余曲折経てまつすぐに引きかへさむひとりの統治する日本へ

われを容れぬ遠き森林ながめつつ湯にありて日日論理をあたたむ
ただそこに立つゆゑ掃討の軍を受く森のかなしみ炎を噴く梢
奥ふかく入らむとするにどの森も抵抗詩うたひつづけてはばむ
あかつきを握りしめたる森の見ゆまさに蜂起の機のいたらむと
わがうちの不毛の思想につづきゐて凍結とけざる森かげの沼
われの掌をのがれゆきたるくれなゐの風水面をとどろき過ぎつ

櫓

長女と羽根うちあひて妻のこゑの汗ばむ聞きつつ書斎にねむし

揚がらざる凧あげむとして馳けまはる子の額の汗陽のごとすがし

恍惚と雪ふりをれり他者かへりみる要なき生ともしみおもへる

銹のにほひかすかにこもるあき地あり鉄櫓一本雪にいこひゐて

主題なき昨日今日明日馳けぬけて日暮れひとつの都市しづまれり

わが庭の野蕗の薹を味噌とせず噛みしむるかのにがき誹謗を
陣痛のごとき快感にしびれつつかたちなしゆくわが意思みまもる
熟れ麦の穂をくぼめつつ風吹けば起伏ははやしわが生よりも
不意の客ありてせはしき妻が子にまだみのらざる山椒もがしむ
狂ひそめし水をしづめむと扉あけ出でゆく妻の歩ごとにあたらし
怒るごと降りそそぐ雨中シャベルもち水を導く出でゆきし妻は

わが夏のシャツのため糊買ひもどる妻がほほゑみ屍衣きせむ快

わがため糊こはばりしシャツ作るなきがらのごと日日出でゆけば

わがシャツを漂白洗剤に入れておく妻の意識下の妻のかなしみ

わがシャツのわが体臭を晒しつつ妻はわれより脱るる土地なし

子はふたり休み利用して旅ゆかむ計画をたつ地図に朱入れて

のばされしホースに隆起の走りゆき今日の予定量音たてて出づ

木犀の花季みじかかりしを嘆きつつかうもり傘を日日もちあるく

形なきものさびしめり身のうちにぬくもりきらぬ死の灰批判

陽のあたる坂くだりゆくなにほどか傾く身体をさびしみながら

およそいつも意見区区たる日曜日の昼食のため妻はジャム煮る

寝る時間くれば宿題をおもひだす子のため母たれわが妻よりも

わが嘘を待ちゐし子らがありありと失望見せて部屋に引きあぐ

死後三年父の遺産をまもりつつ父よりいよいよとほくなる母

五月の夜をきたりてともにとまりしが父が終焉の地に母は母

異なれるさびしさたやすく同化してもの言ふ母を見てゐるのみに

まじまじと真白き噴煙をみつめゐぬ噴火後二日の写真なりしが

父よりもわかく逝きたる妻の父妻はわれより長生きせむに

一時期がをはりてゐたりわが父も妻の父も逝き近眼者ぞろひ

架

冷やけきアルプスの雪景どの部屋の壁にも掛けて日本に生きゆく

生きてあれば酷薄の言葉みな持てり容れられざるわれ容れざる彼等

朝すでにわれを待ちゐるいくたりかわれは単なる労働者なるに

憎しみを買ふことのみわが義務として煖房熱き部屋に飼はるる

汗ばみて午後を過ぎつつなすことのなきだけいかりの心するどし

冷酷をためされてゐるごとき日日去る月曜日より小切手きらず

昨夜《きぞ》読みし社説のままを答へつつからうじてわれの生きをよそほふ

かかはりなき重役間の反目を負ひてカラチへ行くとかなしも

告げらるる無血革命にこころ怯づいづれの民衆をおもふともなく

おびえ持つ日日はあたらし過剰にも稀薄にも血のいちづに揺れて

血腥きニュース見むとす制服を縫ひいそぎかがやく妻のかたはら

疲れつつ日本庭園をガガーリン夫妻あゆめりなほほゑみて

眠るほかひと日の生活ことごとくテレビに見られて旅しつづくる

脱出時重力などと比較して微笑つづけゐることやさしきか否

日本にかかる憎しみの死のありやアイヒマン絞首刑直前のことば

ガス室に追ひやりしよりも曖昧に妥協せざりし死のきはおそるる

彼よりも彼のいふ神にこだはりてひと日揺れやまぬわれをさびしむ

われと彼ひとしき未来もたざるを彼の未来に追ひつめらるる
さりげなく見て過ぎたれどかの党の得票さらに伸びゐる掲示
われはまたとほき未来に賭けにつつ雨に腐りし薔薇切り捨つる
アルジェリアに政争の芽はきざしつつ朱の炎天にあふるる地熱
共通の敵討ちたれば友を敵と明日あるかぎり明日をあらそふ
すれちがふ二つの意志のあひはなつ硝煙の香のごときとかなし

屋上にビール飲みつつ蛇ねずみいたちかはうそ食ひし日まぼろし

耐へてこし怒りわかち合ひ日本の背をはしる火を背を走らしむ

くりやにはガス燃えゐたり過ぐる夏以来しづかなみな小市民

かつてかの勝者に歓呼せし市民今日また今日の勝者につどふ

アルジェリア初代首相を見てねむるわれにかなしき睫毛の愛撫

わが内の何を揺さ振るとなけれどもイエメンに成りしクーデター一つ

筏

ひしひしと昼ともす部屋に光りつつキューバ封鎖の燈文字はめぐる

バランスの崩るる言ひてみづからは持つ武器キューバの持つを許さず

狂喜して暴騰告げに来《く》セールスマンみなごろし後の棉花輸入を

おとなしく基地化資材を積みてかへる船団の水脈《みを》われのねむりへ

避け得しにやすらぎ眠りゆくみなごろし逃れえぬ耳つめたかれども

われひとりおそき食事をとる夜ふけミコヤンの妻を妻の言ひ出づ

妻の死に会へざるミコヤンを妻の言ひ蜜柑を渡してのちまた寡黙

みづからの影ふみゆけば不意にくるおびえ橋板のひとつ裂けゐて

橋板の裂け目に落ちしわが影をまたともなひて橋わたり終ふ

綱わたりのごとき時間が過ぎてゐつかの日知られずわれらの上を

錯誤より破滅は来むと今日も言ふおびえつつ生くる霧ふかき街

鏖殺の危機くらく負ひゲルニカ展に谷間のごとき平和を来てゐる
われに暗き日日積みかさなり雨季に入る運河のほとり解かるる筏
始まりより終りまでみなめつむりてひたすら議事の終結待ちゐる
ひとり追はばひとつ占めうる空席をめぐりて夜夜の紅潮するこゑ
群れの圧かけて総意をつくりつつ恐しきまでに内部の割れゐる
渦まける反目嫉視に揉まれきてこの夜半われのねむりがたしも

なほ雨季つづく街のくらきを赤旗のゆけばひしひし挫折の予感

群れなせば清からぬもの群れの威を藉りて泡立つやうなる幾日

借用のもと判りすぐる自己主張とらへてさびしむただよひをれば

攻めきたる論理逆用してたのしきに今日なほつづけ来《く》攻撃の群れ

意思おなじを知れば死までの仇敵なす理路整然とまとへる論理に

迫られし決意の前にゆらぎたるいくたびにしてさすらひ来し日日

橋脚を取り巻き渦まきゐしものの無視されゆきし熱きうたごゑ

黒人霊歌ききて出でゆく雨の朝ふとなみだぐまし色ある皮膚ゆゑ

奇蹟なき日日雨は降りカプセルのなかなる宇宙飛行士のねむり

無罪判決よろこび今日をつどふもの勝ちえしはかく清らなるこゑ

たかぶりのなきをあやしみ事務とりゐる松川事件知らざる若さ

真実を掘りおこすべくおそすぎるかく言ひてやむおくらせしものが

のろはれゐる支配がわづかに反共を立場とすればたもてる権力

官邸にてしばらく鳴りゐし銃声をつたへ来あかるく弾める声に

戦車燃ゆる首都の広場ををどりつつ走る市民をながく写しき

たちまちに未亡人となりてむせび泣くかつて焚死をわらひし唇

利用せしはてはうむりし冷酷を繰りかへし言ふ白き頬ほそき眉

屠りたるのちに掌握せし権威はかなきものを今日はたたふる

淵

海こえてくらき画面を送りいそぐマスコミの悲劇に溺れやすき目

暴力のたびなに言ひしかの国ぞ「野蛮国のみに暴力はおこる」

来年の選挙をあやぶむ記事読みきひと月ほど前の英字紙なりしが

伝へようとせぬはなにゆゑ最大限に兇弾に倒れしのみを惜しみて

マスコミのたたふる声をこゑとしてその死を英雄の死と悼みあふ

やはり起きし悲劇とおもへど血痕の染みしスカートにわが目は潤む
ケネディを取り巻きゐたりし壁の厚さ語らむとしてふとくちつぐむ
悲しみこらふる顔を見しより美しき顔と思ひき生き耐ふるべし
かなしみは同じからむと妻の言ふ未亡人としてひつぎに添はば
柩おほひゐし星条旗をうけとると一瞬こはばる見し夜をやさし
ダラスよりかの日のおどろき告げてこし君の帰任も間近となりつ

商談に入るまへかならずストに触れスト非難して善良なる顔

非難はすでに決行後のごと朝夕の紙面をいろどる市民の彼方より

ストの回避きまりし夕べ電話する明日の約束を取り消すために

うやむやにクーデター終り流行期過ぎたる風邪にわれのただよふ

わが視野のはて沸きたてるアジアの火咽喉うがひして寒くねむれば

一瞬に滅んでしまふ修羅避けてながくおだやかに憎しみ合はむ

追ひしもの追はるる宿命わが胸をしづけきものの流れてやまず

最適任者がかならず悪しき指導者として去る遠きクレムリンの劇

タクラマカン沙漠うねれる青き画面みつむる夜ふけに夜ふけの恐怖

核開発せしむるまでに追ひ詰めしみづからの意思を彼らの語らず

民衆とは誰か地下道あゆみつつ政府を変へし日のしづけさを聞く

つねに地下は暗くあわただしく溢れゐて英国に保守党の政権終る

拒絶は長くこころにのこる整然と言葉やはらげし手紙を書けば

生きゆくはたたかふことと思ひつつ戦ふことうまき誰彼をにくむ

率直に組織おもふとき千の手のひしめき立てるまどろみかなし

風評のなかにただよふわれを避くをとめらが目を瞬時かげらせ

地下室へわれを呼びゐる電話のこゑいたくしづけし敗北のこゑ

いそぐリポート書きなづむ背に昼ともす螢光燈のひとつ切れをり

にくみつつひそかに思ふおもねりてその地位たもてるひとりの噂

気負ひつつさびしくなれば訪ひゆくにわれよりも深き淵に息づく

あらそひをつねに避けむとする性格はがゆがられて友とゐたりき

傍観者と言はれし一語よみがへり冬の夜のわが内部をかげらす

陶酔なき生きさびしむに沸騰に移らむとする夜ふけの湯の音

ときめきて待つもののもなき明日のため眠らむすべては謀られてゐつ

桃

遠き野の靄に濡れこし瞳をもてば燈のもとの妻不意にかなしも

宵はやく寝てなに話し合ふ妻と子か咽喉つまらせしごとき笑ひ

ともに寝て妻に甘えてゐし子らのこゑも止みたりわれの冴えゆく

正月もわれらとことばかはすなく母出でゆけりなにに追はるる

子どもの手の霜焼けはわが伝へしかあはき夕べの靄しづみゐる

妻の家に妻をわすれてねむる日日子らは次第に潮の香まとへる

私語に似て妻が言ふとき少女期は海につながる眩しきばかりに

海に見入る妻いつまでも海色の蒙古斑かげる乳房のうらがは

わが肌はよわしとおもふ浜の子にみつめられゐるわが肌しろき

手をつなぎ妻とおりゆく岩のあひ荒磯に産毛のごとき風ある

荒れくるふ海が見たしとふとつぶやく妻の髪もえ空夕焼くる

暇あればわれは眠らむとおもふのみ恐らく子らには理解しがたき

言葉みなやはらかき語尾ゆとりあるときのみ美しきことばうつくし

妻のなかの母たる湿地のがれつつ子の手に澄めるジョーカーの瞳

勝敗にこだはらずなりし子のこころ兆しはじめし孤独と見てゐる

性別なき語彙ことのほか好みつつ少女となりゆく少女期前期

仕事なきひと日のかくもたのしきを稀薄なる眠りわれにきたらむ

妻はつねに小さき不満溶かしつつ生けり水道に湯など注ぎて

節分の豆かぐはしく炒られゐて寒《かん》を越えたる夕やけ低し

風邪うつし合ひてあひ寄るわが家族壁かわかざる匂ひのなかに

子とわかつ稀なる生活風邪うつしあひしを言ひて夕餉のにぎはふ

寒風より帰りきたれば歯にあまし白酒に映るわが顔飲みほし

欲するは飢うるにひとし飢ゑをれば沈丁花の香の流れ入る部屋

風に色よみがへりゐる街路樹の明るきをきてミサイル子と見る

鎖したる鉄扉のかなた陽を受くるレールのびのびとしばらく憩ふ

グループに一人ととのふ少女ありいづこに行かば素直なるべき

われに酷暑きたりて酷評の手紙くる合歓《ねむ》のやさしき押花入れて

誰もゐぬはずの部屋より子の笑ふこゑきこえきてテレビのともる

オリンピックゆゑ清掃せよといふ回覧板きてをり妻の留守の間

跋

香川進

米田登歌集については、いまから十年ほどまえに、編集にとりかかったことがある。なにしろ月平均にして四・五十首は製作する型の歌人のことだから、そのころすでに作品が多すぎて、わたくしは編集のペンを折ってしまった。しかも、本人はいっこうに歌集など出そうとしないのだから、しまつがわるい。このたびも、本人は気がすすまないようだが、まわりが承知しない。かれに歌集出版を強いるのは、香川以外にはないとみた周囲から頼まれて、編集にとりかかった。ただし、このたびは、作品を最近十年間の範囲に限定し、二千首以内に素稿を整理するよう言った。つまり、「地中海」と「好日」の時代に限定し、十数年にわたる「詩歌」時代の作品については、別の機会にゆずることにした。作品の内容についても、ある内容の相当部分を、ごっそりと割愛する結果となった。さもなくば、とても一巻の歌集にまとまりっこがない。それほどの量を、この歌集は背景にしているのである。

米田登とは、すでに三十年以上も同行してきた。いまおもっていちばん鮮烈な記憶は、かれが焼野原と化した東京に、戦地から帰ってきたときのことである。おなじ三菱に勤務していて、かれは重工、わたくしは商事。すでに商事は丸の内から追放され、下町にたむろしていた。重工も、つぎつぎに帰還してくる社員を包容する力なく、かれは職をうしなった。やがて、商事も解散、わたくしは独立を余儀なくされ、のちにかれも、わたくしたちの会社に籍をおくことになるのだが、――三菱商事といえど、応接室ひとつない時代、かれを迎えたわたくしは、ぎらぎら日が照りつける焦土のなかの石に腰かけ、おたがい、これからどうして生きてゆくかについて話しあった。わたくしたち二人が地におとす影のなか、数匹の黒蟻が、昆虫のなきがらを、骨折って運んでいった。わたくしたちは、遠い世界のことのごとく、無関心に見ていた。蟻の営みなどについて、語るゆとりはもとよりなかった。後頭部が日に照りつけられ、くるしかった。無帽であった。戦地では帽子があり、日覆いがあった、――と、どちらからともなく語りあった。なにかのはずみで、民主主義って何だ、いまさらに、とわたくしが言った。かれは、すぐさま、明快に解説していった。そして、その翌々日であったか、東大で南原繁教室にいたかれは、南原さんの著書に、自分のノートを添えて届けてくれた。経験としての、大正期デモクラシーを知らないわたくしは、興味をもって読み耽った。かれは、わたくしを「紙の天井の下」に、よく訪ねてくれたので、話題をしばしばその方に向けた。しかし、かれのこころは、わたくしが経過したのとは逆の、——いやその方がほんとうなのだが、そうした方向に、相当ふかく突き進んでいるらしく、応答してくることはなかった。だてに実践などにはいって、わたくしのように不昧な人生を歩むなかれ、と言うと、ここがかれとわたくしとの相違であって、なにも実践に踏みこまなくとも、正しい立場は操守できるでしょう、とは言わなかったが、この焼跡時代におけるかれの論理は、たちもありましょう、と言った。さすがに、そのような実践のかその後十幾年間の、かれの作歌をもふくむ行為において、実証されたのであった。

ただ、かれの「詩歌」時代における感覚主義と、右に述べたような観念形態とは、どうつながるのであろう。くわしく調べてみなければ判明しないことだが、おそらく、軍隊にはいる以前のかれの作風における鋭敏そのものの感覚主義、——それはむしろ、そのころのわたくしの立場とは反対なのであったが、——は、この集においても、いたるところに片鱗はみせているものの、作品を特徴づけ、また裏打ちするような要素とはなっていない。（一般に、戦後の思想派的歌人の作品の実体が、いかにつよく、鋭敏な感覚によって支えられていることか。）いまでも、人並みはずれた、じつに鋭い感覚、——すくなくとも色彩感覚と移動感覚において、かれは独得のものを持っている。にもかかわらず、色彩をうしない移動感をうしなった作品が、比較的に多いのは、どう解釈すればよいのであろう。それが、自然詠的なものを極度に避ける、かれの態度から来るものと、わたくしはおもってはいないので、ひとつの問題として提起しておこう。ここにおいて、短歌における苗圃と棲家、――また、前田夕暮から米田雄郎、――そして米田登への伝承と、そのかなしい断絶が、問題となるからである。或る意味で、かれは、夕暮からも雄郎からも、断絶しているといえよう。しかも、かれほど、夕暮そして雄郎を素直に継承している歌人はないのではないかと、わたくしにはおもえる。しかばねを運んでゆく黒蟻以外のなにものでも、わたくしたちはないのではないかと、遠い世界のことのごとくに、無関心に、見すぐしていただいてもよいのではないかと、おもったりするのである。思想とか感覚とかいうものは、本来そのようなものであるのかもしれない。そうした意味において、この一巻の重みは環流的なものであり、ある一点における彫りのふかさを誇示するものではないとおもう。そこに、わたくしは、新しいものを感じないわけにはゆかない。

さいきん、わたくしは、相ついで八冊ほどの歌集の編集にしたがった。集名は、ほとんどわたくしが選び、下手な字でそれを書いた。わたくしも晩年に近づいている証拠であろう。ただ、この集については、それをしなかった。著者から、「連鎖構造」「誤解力批判」「思惟褶曲」「無媒介現実」「環流位相」という集名案がとどいた。しかも、「かなり文学的にやわらかくしたつもりです。」とある。哲学、地学、また理論物理学の本といえど、こんなむつかしい、堅苦しい書名をみない。わたくしは、一巻の名を「思惟環流」としたいのである。装幀の田中岑、レイアウトの山村金三郎、ともにそのために苦心することであろう。

（昭和三十九年筆）

解説　社会詠歌人の意義

小西久二郎

『思惟環流』は米田登の第一歌集で、昭和三十年から同三十九年に至る作品を精選して収め、昭和四十年に出版されたものである。略年譜によれば昭和九年、父雄郎の影響もあって十五歳にて前田夕暮の白日社に入社、矢代東村の選をうけることになった。元田龍夫の出発である。その後軍隊生活などもあったが、昭和二十六年の夕暮の永眠までつづく。同二十七年には雄郎が「好日」を創刊、同二十八年には香川進が「地中海」を創刊、同人として参加する。それまでの約二十年間には多くの自由律と定型作品があり、歌集一、二冊を出版されるべきだったと思われる。

さて、米田登は一般的には社会詠の歌人と言われている。この発言はきわめて漠然としている。一体なにをもって言っているのか。その分析と追求などが必要である。又、社会詠の他にも家族、家庭の作品もあり、これも無視することはできない。従ってこれらの作品を私は次のように三つに分類して解説してゆきたい。

一、世界的な戦乱や動向に対する独断的批判及び追求をもって訴えた作品

二、国内外の社会情勢に対する批判に加え、自己の行動をも示した作品
三、家庭及び家族、父母や妻子などをふくめて具体的に描写した作品
先ず、その一に関する作品から七首を抄出して私見をのべてみたい。

1、絶望に耐へて見てゐる目のまへを砂のうねりにしづむ兵ひとり
2、昨日より街焼かれゐるブダペスト知ることすべて怒りにつながる
3、あらがふには団結あるのみと判りつつ誰も首謀者と言はれたくなし
4、去りてゆく日本に感謝することば虐げられしをみな言はずして
5、髪の毛を摑みひきずる太き手をフラッシュは一瞬うかべまた消ゆ
6、わがうちに戦争の過去生きつづけわがかたはらに死んでゐる明日
7、バランスの崩るる言ひてみづからは持つ武器キューバの持つを許さず

1は中東戦争におけるさまを描写しているが、結句に作者のふかい思いがみられる。2は昨日より街が焼かれているハンガリーの首都ブダペスト、それを知ることによってすべてが怒りにつながると、自己の心境をあらわにうたっている。3はあがらうのには団結があるのみと判りながら、誰も首謀者と言われたくない。ここに

は人間としての心理の追求がある。４は去ってゆく日本に対して感謝する言葉、それに虐げられしを言わない若ものの声に作者の感動が存在する。５は髪の毛を摑んでひきずるというから、激突の瞬間を克明にとらえて事件の真相を訴えている。６は自らも従軍した心の吐露であり、「死んでゐる明日」は殺伐とした現代社会を意味していよう。７は自国は武器をもちながら、キューバにはそれを許さないという、バランスのすでに崩れている矛盾を叫びたいのである。

このように情景描写によって事件や事象を批判し、作品をもって読者に提示してゆく。それが歌人としての責務と本人は確信しているように思えてならない。

次にその二に関する作品を七首選出して感想をのべたい。

8、知らされず持ち込まれゐし核兵器つとにわれらの未来の売られて
9、軍の前に屈しゆく教授らを見てをりき追はれ獄《ひとや》に入りしを慕ひき
10、装薬を終へし弾頭がならびゐるあかるき写真を夜半に見てをり
11、雨のなか捕へられゆく学生たち無言劇にも似てしづかなり
12、血をながすことなく終りゆく決起あかつき闇のうするるソウルに
13、核兵器やめよと何時の日も議題またたよりなく会議の記事読む

14、アルジェリアに政争の芽はきざしつつ朱の炎天にあふるる地熱

8は知られされないで持ち込まれていた核兵器、すでにわれらの未来は売られているという。現実に対する怒りである。9は軍の前に屈してゆく多くの教授を見てきた。さらに追われて獄に入れられた教授もいて、慕うという。そこに一途な気持と性格が出ている。10は装薬を終えた弾頭が並んでいる、明るい写真を夜半に見ている。今にも戦乱というのになぜ明るいのか、淡々とした表現に不気味さがある。11は捕えられてゆく学生たち、恐らく新安全保障条約の阻止運動に参加したのだろう。「無言劇」という中に学生を憐れむ心がみられる。12は軍事クーデターを詠んでいるが、血を流すことなく終った決起に対しての安堵感がただよっている。13は核兵器を議題とした記事を素材としており、いかにたよりないものかと批判せずにいられなかったのだ。14はアルジェリアの独立を政争の芽のきざしとし、炎天と地熱の比喩によって示す。

最後にその三の家庭、家族の作品もかなりあるが四首をあげておきたい。

15、ふと洩らすわれのことばが妻の胸くぐりてかへりくるとき明るし

16、夜ふかしをして書くかたはら妻のゐてむなしき努力にまなこを注ぐ
17、いきいきと妻を呼びゐる子の声よわれは用あるときにのみ呼ぶ
18、家出でて妻子とゆけばしめる土に冬越すそよぎの麦の芽ほそし

読めばよくわかると思われるので、一首宛の感想はさしひかえたい。ただこうした作品を読むとほっと気がゆるむが、他の人にも詠みうる分野の作品である。
このように『思惟環流』の作品をみてきて、なぜ作者が世界情勢や戦乱に眼を注ぎ、うたわねばならなかったのか。又、国内外の動向を批判し、その運動に参加せねばならなかったのか。私は米田登の人間性、その性格からくる正義と批評精神が、国内外の政治の矛盾や闘争に対しての怒りとなって詠ませている。登以外の誰がかく詠む歌人がいただろうか。そう考えると希少な存在といえる。社会詠歌人の意義を改めて世に問う歌集と言えるだろう。

（平成二十八年二月筆）

文庫版あとがき

中村幸子

この歌集は、父の三十六歳から四十六歳までの壮年期の作品を収めています。香川進氏が、多数の短歌から厳選し編集してくださった父の第一歌集です。歌集の章題は時代順に並んでおり、一字で作品を象徴的に表現する漢字を章題としていますが、わかりにくいものとなっています。作品を理解していただくために、作られた時代や、詠まれた事件を調べましたが、国内外の広範囲の事件を詠んでいて特定しにくく、わかりましたことを略記にて紹介しています。個々の事件にとらわれず、社会の出来事の根底に流れるその時代の思潮に対して、父が感受したものを、どのように短歌という型で表現し得ているか、ご鑑賞くだされば幸いです。昭和三十年から三十九年という、今では半世紀前に詠まれた短歌ではありますが、現代にも通じる普遍的な心情が読み取れます。当時と、現在では日本を含む世界は前進しているのでしょうか。平和は遠く、争いは続いています。父は、常に時代現象の奥にあるものを、洞察し得た歌人だと思っております。おひとりでも多く共感して、お読みくだされればと存じます。

（平成二十八年二月筆）

網・列　昭和三十年（一九五五）〜三十二年（一九五七）
西独軍発足・第二次中東戦争・ハンガリー動乱

皮・鴇・蚊　昭和三十一年（一九五六）〜三十三年（一九五八）
フルシチョフのスターリン批判・ビキニ水爆実験

銹・幌　昭和三十三年（一九五八）〜三十四年（一九五九）
イラクのクーデター

畢　昭和三十四年（一九五九）
米田雄郎の死

疎・背　昭和三十四年（一九五九）〜三十六年（一九六一）
伊勢湾台風・北朝鮮帰国・安全保障条約改定阻止行動・女子東大生の死・浅沼稲次郎の刺殺・嶋中事件・コンゴ動乱・韓国軍事クーデター

茨・櫓　昭和三十六年（一九六一）〜三十七年（一九六二）
政治的暴力行為防止法反対デモ・カストロ政権・亡命東独兵士（ベルリンの壁建設始まる）・三無事件・ベトナム戦争

架昭和三十七年（一九六二）ビルマのクーデター・アルジェリア独立

筏・淵・桃

昭和三十七年（一九六二）～三十九年（一九六四）

キューバ危機・人種差別反対ワシントン大行進・松川事件・ゴ・ディン・ジエムの死・ケネディ大統領暗殺・ラオスのクーデター・フルシチョフ首相解任・中国の核実験

米田登略年譜

大正八年（一九一九）
六月二十九日、米田雄郎・生駒あざ美の二男として、滋賀県蒲生郡桜川村字石塔（東近江市石塔町）の極楽寺に生まれる。

大正十五年（一九二六）　七歳
四月、桜川尋常高等小学校に入学。

昭和六年（一九三一）　十二歳
四月、滋賀県立八日市中学校に入学。
十月、米田雄郎により前田夕暮第一歌碑が東近江市石塔町極楽寺に建設。

昭和九年（一九三四）　十五歳
一月、白日社に入社。前田夕暮、矢代東村選歌にて自由律短歌を始める。作品を元田龍夫の名で「詩歌」に出詠する。

昭和十一年（一九三六）　十七歳
四月、浪速高等学校文科甲類に入学。

昭和十四年（一九三九）　二十歳
四月、東京帝国大学法学部政治学科に入学。

昭和十六年（一九四一）　二十二歳
十二月、在学中に徴兵検査を受け、同大学法学部を三箇月繰り上げ卒業。

昭和十七年（一九四二）　二十三歳
一月、三菱重工業株式会社に入社。二月、輜重兵第四連隊に入隊。五月から半年間久留米第二陸軍予備士官学校に入校。「詩歌」定型短歌に復帰、定型短歌を始む。

昭和十八年（一九四三）　二十四歳
四月、東満駐留第五輸送司令部に転属。七月、同独立輜重兵第五十四大隊に転属。

昭和十九年（一九四四）　二十五歳
三月、独立輜重兵第五十四大隊の中支派遣により武昌に移動。五月、第二十七師団に配属され湘桂作戦に参加。従軍時も短歌を詠む。

昭和二十年（一九四五）　二十六歳
一月、粤漢作戦に参加、恵州に到る。四月、山東半島南部米軍上陸予想地へ転進開始。南昌の西南万寿宮にて終戦。

十月、無錫に集結、武装解除を受く。

昭和二十一年（一九四六）　二十七歳

三月、上海から佐世保へ復員除隊。五月、東京大学法学部大学院に入学。九月、東大短歌会を知り入会。

昭和二十二年（一九四七）　二十八歳

四月、野村建設工業株式会社に入社。

昭和二十三年（一九四八）　二十九歳

五月、香川県多度津町の香川京子と結婚。大阪市福島区今開町に住む。十月、日本歌人クラブに入会。

昭和二十四年（一九四九）　三十歳

十月、長女幸子出生。十一月、東亜交易株式会社に入社。

昭和二十五年（一九五〇）　三十一歳

五月、日瑞貿易株式会社に入社。七月、兵庫県宝塚市福井町に転居。八月、兵庫県歌人クラブに入会。

昭和二十六年（一九五一）　三十二歳

一月、新歌人グループの結成に参加。

四月、前田夕暮死亡。

昭和二十七年（一九五二）　三十三歳

一月　父米田雄郎「好日」（月刊）を創刊する。志賀龍、後に元田龍夫の名前で論文・批評を発表する。九月、矢代東村氏葬儀に参列。

昭和二十八年（一九五三）　三十四歳

五月、香川進氏編集発行の「地中海」創刊に同人として加入。短歌、論文を発表。八月、次女尚子出生。

昭和二十九年（一九五四）　三十五歳

一月、関西歌人会の結成に参加。

昭和三十年（一九五五）　三十六歳

九月、『関西歌人会作品集』に参加出詠。

昭和三十三年（一九五八）　三十九歳

六月、地中海歌集第一巻『群』に出詠。九月、同人誌「現代短歌」の創刊に参加、編集委員となる。

十一月、比叡山延暦寺西塔に米田雄郎第一歌碑建設。

昭和三十四年（一九五九）　四十歳

三月、父米田雄郎の死亡により「好日」代表となる。月刊誌「好日」の編集、発行を行い歌会や大会を開催し、「好日選集」「好日叢書」を刊行する。
五月、滋賀県近江八幡市長命寺に米田雄郎第二歌碑建立。八月、大阪府茨木市南春日丘に新築移転。

昭和四十年（一九六五）　四十六歳
十一月、第一歌集『思惟環流』発行。

昭和四十一年（一九六六）　四十七歳
六月、「好日」六月号『思惟環流』特集号。

昭和四十二年（一九六七）　四十八歳
九月、日本歌人クラブの大阪府委員となり爾来同クラブの関西大会で司会、講演、選歌、選評、同会報に寄稿等を行う。

昭和四十三年（一九六八）　四十九歳
四月、「大阪芸術祭参加春の短歌祭」の詠草選者となる。爾来新人賞部門の選者、歌集賞の選考、応募詠草の選評等を行う。
六月、現代歌人協会会員に推薦さる。

昭和四十四年（一九六九）　五十歳
このころから、「短歌研究」「短歌公論」「短歌」などに短歌出詠、評論、批評を執筆する。

昭和四十五年（一九七〇）　五十一歳
十一月、現代歌人集会の設立に参加。

昭和四十六年（一九七一）　五十二歳
一月、『前田夕暮全集』（全五巻）の編纂に参加。同全集編集委員として校異校定をする。
十月、「大阪文化祭短歌大会」の選者を爾後努める。

昭和四十七年（一九七二）　五十三歳
九月、母生駒あざ美死亡。

昭和四十八年（一九七三）　五十四歳
六月、日本ペンクラブ会員となる。十一月、現代歌人集会にて理事に選出さる。爾来理事を努める。

昭和四十九年（一九七四）　五十五歳
四月、大阪歌人クラブの創立に参加し、終始常任理事を努める。六月、長女幸子結婚。

昭和五十年（一九七五）　五十六歳

十月、日瑞貿易株式会社を定年退職す。

昭和五十二年（一九七七）　五十八歳

このころから、「短歌現代」「歌と評論」「短歌新聞」などにも短歌出詠、評論、批評を執筆する。

昭和五十三年（一九七八）　五十九歳

十月、好日賞、好日新人賞を設定する。

昭和五十四年（一九七九）　六十歳

「湖国と文化」第七号に「米田雄郎の生涯」を執筆。『米田雄郎全歌集』（平成五年発行）に収録される。

三月、読売文化講座の担当講師として講演する。九月、大阪府立成人病センターに入院。

十二月、退院。

昭和五十五年（一九八〇）　六十一歳

一月、民事調停委員に任命され生野簡易裁判所に所属。爾来、大阪調停協会誌「大調」に出詠。五月、春日大社献詠選者を委嘱さる。爾来、同大社献詠祭にて選評をする。

九月、日本歌人クラブ関西地区幹事となる。

十一月、「大阪文化祭」への貢献により、大阪府大阪市大阪府教育委員会、大阪市教育委員会の表彰を受ける。東近江市石塔町極楽寺に雄郎第四歌碑を建てる。

昭和五十六年（一九八一）　六十二歳

一月、歌会始めの会に陪聴者として出席する。

四月、よみうり文化センター千里教室の短歌講座を担当する。六月、毎日新聞全国短歌大会選者となる。

昭和五十七年（一九八二）　六十三歳

四月、サンケイ学園第二梅田教室の短歌講座を担当する。

六月、「好日」三十周年記念号発行。

昭和五十八年（一九八三）　六十四歳

一月、茶道雑誌「淡交」の短歌の選者をする。昭和六十三年十二月まで選歌、随筆を寄せる。

十月、住吉大社献詠選者を委嘱さる。爾来、同大社誌「すみのえ」に出詠、献詠祭にて選評をする。

昭和五十九年（一九八四）　六十五歳

一月、前田透氏葬儀に参列。五月、二女尚子結婚。

昭和六十年（一九八五）　六十六歳

七月、妻と欧州旅行に参加。

昭和六十一年（一九八六）　六十七歳

十一月、秦野市立図書館「前田夕暮記念室」創設時に、米田雄郎所持の資料や書簡を寄贈する。書簡は、秦野市郷土文学叢書第十一・十二巻「夕暮の書簡」に収められる。

昭和六十二年（一九八七）　六十八歳

一月、第二歌集『現象透過率』を刊行。

六月、「好日」六月号『現象透過率』特集号。

昭和六十三年（一九八八）　六十九歳

六月、よみうり千里教室の短歌公開講座を担当。

十一月、民事調停の功績により、大阪地方裁判所所長表彰を受ける。

平成元年（一九八九）　七十歳

一月、第三歌集『時空界面』を現代短歌全集第三十四巻として刊行。三月、日本現代詩歌文学館振興会の評議委員に就任。

五月、大阪府文化芸術功労者として大阪府知事表彰を受賞す。

八月、浜松市呉松町根本山荘に第一歌碑建立。

平成二年（一九九〇）　七十一歳

三月、秦野市立図書館発行の郷土文学叢書全十二巻のうち「前田夕暮とその周辺の歌人」（三巻〜七巻）の人選、起稿、編集、執筆に昭和四十九年より携わってきたが、秦野市立図書館から順次刊行される。

平成三年（一九九一）　七十二歳

一月、脳梗塞のため国立循環器病センターに入院。

平成五年（一九九三）　七十三歳

三月二十日、脳梗塞のため死去。

　戒名好雲院諦譽登岳歌仙居士

「好日」十月号「米田登追悼号」

平成六年（一九九四）

二月、米田登遺歌集『回帰曲線』を刊行。

平成十三年（二〇〇一）

十一月、東近江市蒲生東小学校に第二歌碑建立。

平成十七年（二〇〇五）

二月、『米田登評論集』を刊行。十月、第一歌碑　東近江市野々宮神社に移転。

本書は昭和四十年好日社より刊行されました

歌集 思惟環流　〈第１歌集文庫〉

平成28年６月１日　初版発行

著　者　米田　登
発行人　道具武志
印　刷　㈱キャップス
発行所　**現代短歌社**

〒113-0033 東京都文京区本郷1-35-26
振替口座　00160-5-290969
電　話　03（5804）7100

定価720円（本体667円＋税）
ISBN978-4-86534-163-8 C0192 ¥667E